Elke Mayer • Kleine Geschichten vom Kater und seiner Katze

Elke Mayer

Kleine Geschichten vom Kater und seiner Katze

Ein Beziehungschaos der besonderen Art

2016

Bibliografische Information der Deutschen Nationalbibliothek:
Die Deutsche Nationalbibliothek verzeichnet diese Publikation
in der Deutschen Nationalbibliografie; detaillierte bibliografische
Daten sind im Internet über dnb.dnb.de abrufbar.

Text und Coverbild
© 2016 Elke Mayer
katzenpost59@web.de

Herstellung und Verlag:
BoD - Books on Demand, Norderstedt

ISBN 3-978-7392-2794-8

Inhaltsverzeichnis

Vorstellung 7
Eroberungen mit Josef 9
Gewichtige Angelegenheiten 13
Die ägyptische Nacht 15
Der Herr Planck 19
Aalglatt 25
Helden 31
Sofort und auf der Stelle 35
Von nutzlosen Büchern und heißen Sachen 39
Hitze 45
Neues von Herrn Planck 49
Müdigkeiten 53
Weihnachtskatze 57
Signale der Annäherung 61
Averna ist die Lösung 67
Gartenglück 73
Teppichluder 77

Vorstellung

Eine Katze mit einer ganz frechen Klappe ...
... hat sich der Kater da geangelt. Nun ja, eigentlich hat sie sich ihn geangelt – oder vielleicht war doch er der Angler? Das ist nur einer von unzählig vielen Punkten, in denen sich die beiden ganz und gar nicht einig sind. Sie sind aber auch so gegensätzlich wie Feuer und Wasser, die zwei:

Der Kater ist Bibliothekar ... ruhig, besonnen, belesen – und manchmal leicht zerstreut. Die Katze ist Künstlerin ... kapriziös, frech, vorlaut – und äußerst respektlos. Zu allen Dingen des Lebens und in jeder Situation tut sie unverblümt ihre sehr eigenwillige Meinung kund. Ihrem impulsiven Wesen und ihrem ewigen Dazwischengequatsche begegnet der Kater mit einer gehörigen Portion Gelassenheit. Die ist auch dringend angeraten bei einer Person wie seiner Liebsten. Zuweilen aber bleibt ihm nur blankes Entsetzen ... und die Spucke weg.

Szenen aus dem Alltag eines ungewöhnlichen Paares – Beziehung, Klatsch und Tratsch, Politik und Quantenphysik – der Kater erlebt die Welt durch seine kapriziöse Liebste täglich und unausweichlich neu! Aus ihrer etwas unkonventionellen Sichtweise nämlich, und zu allem Überfluss sieht er sich noch mit sehr viel weiblicher Raffinesse konfrontiert ... Widerstand zwecklos!

In der Ich-Form lässt uns der Kater an den Erlebnissen mit seiner Liebsten teilhaben, verrät seine Gedanken zum täglichen Chaos... und macht uns auf diese Weise zu Beobachtern, die oft genug zwischen schadenfrohem Lachen und mitfühlendem Schmunzeln hin- und hergerissen sind.

Eroberungen mit Josef und seinen Brüdern

„Du warst es", behauptet meine Liebste jedesmal beharrlich, wenn wir uns an unser Kennenlernen erinnern, „*du* hast *mich* angemacht!"

Selbstredend weise ich diese Behauptung immer weit von mir. Wie hätte es mir auch je in den Sinn kommen können, eine Frauensperson „anzumachen"? Als überzeugter Junggeselle war ich mit meinem Leben durchaus zufrieden – konnte ich doch meiner geliebten Arbeit in der Bibliothek und meinem Lesevergnügen daheim ungestört nachgehen.

Eines denkwürdigen Tages jedoch hat die Katze die Bibliothek zum ersten Mal betreten und sich mein beschauliches Leben dramatisch verändert. Unruhe hat Einzug gehalten – erst in der Bibliothek und dann in meinem Leben. Etwas unhöflicher formuliert könnte man auch sagen, das Chaos hat sich unaufhaltsam breitgemacht.

„*Du* bist chaotisch", widerspricht sie jedesmal beharrlich, wenn ich solche Überlegungen laut äußere, „ *du* bist zerstreut, vergesslich und außerordentlich unordentlich – aber du kannst dich glücklich schätzen: ich liebe dich so wie du bist!"

Dass eventuell *sie* sich glücklich schätzen könnte, von *mir* so geliebt zu werden, wie *sie* ist, darüber denkt sie wohl niemals auch nur ansatzweise nach. Ihr impulsives Wesen, ihre frechen und respektlosen Bemerkungen, ihre kapriziöse Art – mit all dem gebe ich mir redlich Mühe, zurechtzukommen.

Und in solchen Augenblicken, in denen sie mal wieder auf meinen kleinen Schwächen herumhackt, erinnere ich sie daran, dass schließlich *sie* es war, die sich Bücher ausgeliehen und es anschließend nicht für notwendig befunden hatte, diese rechtzeitig wieder zurückzugeben. Ganz frech hatte sie damals behauptet, ich hätte ein falsches Datum in die Karte gestempelt. Was für eine höchst respektlose und empörende Unterstellung! Das Wortgefecht, das daraufhin ausgebrochen war, hatte mit Thomas Manns „Josef und seinen Brüdern" geendet – auf meinem Kopf. Knockout. Ihre Impulsivität offensichtlich für einen Augenblick bereuend hatte sie sich niedergekniet und mir eine Mund-zu-Mund-Beatmung gegeben. Das war's.

Seitdem leben wir zusammen.

„Ja, ja, das ist ein billiger Trick – einfach so in Ohnmacht zu fallen wegen eines kleinen Buches! Ich sag's ja, *du* hast *mich* angemacht!"

„Liebste, das Buch hat ungefähr 1400 Seiten und wiegt zwei Kilo!"

„Wenn ein Bibliothekarskopf das nicht aushalten kann, solltet ihr solche Bücher gar nicht verleihen! Außerdem hattest du es sowieso nur auf eine Mund-zu-Mund-Beatmung von mir angelegt! Du wolltest mich angeln!"

„Na gut, dann wollte ich dich halt angeln – zufrieden jetzt?"

„Wie kannst du nur so lieblos daherreden! Mich angelt man nicht! Wenn man ganz viel Glück hat, dann kann man mich erobern!"

„Also dann: ich habe dich erobert, Liebste!"

„Pahh, eine schöne Eroberung ist das, wenn man unten liegt und sich reanimieren lassen muss …"

Widerstand zwecklos …

Gewichtige Angelegenheiten

„Du, Katerle", sagt die Katze und unterbricht auf diese Weise eine meiner Lieblingsbeschäftigungen – das Essen.

Wunderbar – erst ein gutes Abendessen und gegen später, beim Bibliothekars-Stammtisch noch ein kaltes Buffet …

„Duhu, Katerle", insistiert sie weiter während ich mir genüßlich das zweite Schnitzel auf den Teller lege.

„Ja, Liebste, was ist denn?"

Am besten, ich gehe auf sie ein. Dann wird sie zufrieden sein und mich in Ruhe essen lassen.

„Ich finde, Du bist schlicht und ergreifend zu fett!", schleudert sie mir jetzt erbarmungslos entgegen und der Bissen, den ich gerade mit Genuss einschiebe, bleibt mir beinahe im Halse stecken.

„Wie bitte?", kann ich nur kauend und schluckend antworten.

„Ja, schau Dich doch mal an! Einen Riesenbauch trägst du vor dir her! Nicht gerade attraktiv, Liebster!"

So direkt hätte sie mich nun nicht gerade auf mein kleines Gewichtsproblem hinweisen müssen.

„Ein Mann über vierzig *ohne* Bauch ist ein Krüppel", wage ich eine schwache Erwiderung.

Nicht sehr überzeugend, meine Aktion.

Die Antwort kommt prompt.

„Ein Mann über vierzig *mit* Bauch ist ein Fettwanst", stellt sie mit einem verächtlichen Blick unerbittlich fest.

Ich seufze tief. Ich kann einfach nicht widerstehen. Weder ihr noch dem Essen.

Die erste Krise wegen meines Gewichts hat es vor zwei Wochen gegeben. Da hatte ich mich, so wie jeden Morgen, wohlig stöhnend in die Badewanne gelegt, um mein heißes Bad zu genießen. Und um diesen Genuss noch zu steigern, waren zwei dick belegte Brote mit von der Partie.

Zu dumm nur, dass sie mir ins Badewasser gefallen sind.

Die Katze hat mich ausgelacht.

„Das geschieht dir recht, Katerle!", hat sie schadenfroh festgestellt und höhnisch grinsend die im Schaum schwimmenden Käsebrote betrachtet. „Wer so verfressen ist, dem gehört eine solche Strafe!"

Seit dieser unglückseligen Begebenheit macht sie immer wieder kleine, spitze Bemerkungen über mein Gewicht.

Und wenn sie jetzt wüsste, dass es heute abend beim obligatorischen Bibliothekars-Stammtisch aus besonderen Gründen ein kaltes Buffet geben wird … dann … ja dann hätte ich *sehr* schlechte Karten …

Zum Glück habe ich die Einladung mit der vielversprechenden Speisekarte vorhin zwischen alten Zeitungen verschwinden lassen. So wird es für sie nur ein ganz normaler Abend sein, den sie wegen meines Stammtisches alleine verbringen muss.

Mein Stammtisch. Ich erinnere sie liebevoll daran, dass sie heute abend ein paar Stunden auf mich verzichten muss.

„Natürlich, Liebster", schnurrt sie zärtlich, „ich gönne dir doch deine Bibliothekarsabende von Herzen!"

Fein. Alles ist wieder gut. Das leidige Übergewichts-Thema scheint vergessen.

„Katerle", sagt sie später, als wir gemeinsam den Tisch abräumen, „ich habe die Telefonrechnung verlegt. Ich schau noch mal das Altpapier durch, ob sie vielleicht aus Versehen da reingerutscht ist!"

Wenn sie nur nicht so impulsiv wäre. Bevor ich irgend etwas erwidern kann, steht sie auf und fängt an im Korb mit dem Altpapier zu wühlen.

„Was ist denn *das*? Ein kaltes Buffet gibt es heute abend bei euch?"

Zu spät. Sie hat es entdeckt.

„Nur Kleinigkeiten, Liebste, weil einer Geburtstag hat!", versuche ich abzuwiegeln.

„Aha … Kleinigkeiten … Krabbensalat mit Mayonnaise, Schnittchen mit geräuchertem Aal, Rinderlendchen in Kräutersoße … Roastbeef mit Sauce Remoulade …"

Während sie mir aus der Karte vorliest, läuft mir das Wasser im Munde zusammen.

„Katerle, du wirst das doch nicht alles essen?", unterbricht sie meine kulinarischen Träumereien, „denk an deinen dicken Bauch!"

Ich schaue frustriert an mir herunter. Bis zu den Füßen komme ich nicht. Die kann ich nicht sehen. Irgendwie werden sie ungünstig von meinem Bauch verdeckt.

Aber ich bin wild entschlossen – erstens, meine Katze zu beruhigen und zweitens, es mir heute abend so richtig schmecken zu lassen.

„Natürlich nicht, Liebste", nehme ich sie zärtlich in den Arm, „ich werde nur ein, zwei kleine Häppchen essen …! Und wenn ich zurückkomme, dann bin ich ganz für dich da …! Aber jetzt muss ich los!"

„Du bist zur Zeit nicht nur *ganz* für mich da, du bist *doppelt* für mich da!", stellt sie lakonisch fest während ich mir den Mantel anziehe. „Auf jeden Fall werde ich mir heute abend einen Film ansehen, bei dem ich dauernd an dich denken muss!"

Na also. Sie besinnt sich wieder. Darauf, wie schrecklich einsam es ohne mich für sie ist. Sie wird sich einen romantischen Liebes- oder Heldenfilm anschauen, ein paar Tränchen vergießen, sich nach mir sehnen und in keinster Weise mehr an meinen klitzekleinen Bauchansatz denken. Denn dass ich im Grunde genommen ihr Traummann und Held bin weiß ich ganz genau.

„Was wirst du dir denn anschauen, um an mich zu denken, Liebste?", frage ich zärtlich und gebe ihr einen Abschiedskuss. „*Der erste Ritter* oder *Pretty Woman*?"

Die Katze schaut mich an. Ihre Antwort ist kurz.

„*Der Bulle von Tölz*, Liebster!"

Die ägyptische Nacht

„Katerle, heute nacht muss ich fernsehen", eröffnet mir die Katze und setzt hinzu: „Ich will live dabei sein, wenn die Archäologen mit ihrem Miniroboter durch den Mini-Gang in der Cheops-Pyramide bis zu der Minitür fahren und dann mit dem Minibohrer ein Miniloch reinbohren und mit einer Minikamera durchschauen!"

Ich bin ihre seltsamen Ideen mittlerweile gewöhnt und zu der Erkenntnis gekommen, dass es keinen Zweck hat, ihr solche Vorhaben auszureden.

„Dann musst du dir wohl den Wecker stellen, denn das große Ereignis findet ja zu nachtschlafender Zeit statt", meine ich nur und weiß im selben Moment, dass sie genau das auch tun wird.

„Ja", mault meine Liebste jetzt, „nur weil es ein von den Amerikanern finanziertes Projekt ist, findet die ganze Aktion bei Nacht und Nebel statt. Damit die Fernsehanstalten über dem großen Teich die Sache zur besten Sendezeit vor ihrem popcornkauenden Publikum ausstrahlen können, müssen die kulturbegeisterten Europäer sich die Nacht um die Ohren schlagen."

„Du musst nicht, du *willst!*", stelle ich nüchtern fest. „Was versprichst du dir eigentlich davon?"

Für einen Moment habe ich vergessen, wie sehr meine Katze auf Übersinnliches und Geheimnisvolles steht. Natürlich *muss* sie wissen, was hinter dieser Tür ist. Und sie *muss* dabei sein, wenn das Geheimnis gelüftet wird – live und in Farbe.

„Könnt' ja sein, dass ein Geist dahinter ist", spekuliert die Katze jetzt hoffnungsvoll, „und dann macht es *pffffft* und *huuuuiiiiii* wenn die das Loch in die Tür gebohrt haben und ich kuschle mich dann an dich.

Ich zucke zusammen. Sie braucht mich zum ankuscheln. Das bedeutet, dass sie meinen geliebten Nachtschlaf stören und mich erbarmungslos aufwecken wird.

„Ja, und dann kommt ein kettenrasselnder Cheops herausgeschwebt", spotte ich in Anbetracht der düsteren Aussichten böse, „und nimmt bittere Rache an den Frevlern, die sein Grab entweihen!"

„Ägyptische Gespenster rasseln nicht mit Ketten", klärt mich die Katze ernsthaft auf. „Die sind Mumien und schleppen ihre Bandagen hinter sich her, das macht keinen Lärm! Außerdem könnten ja auch Hinterlassenschaften von Außerirdischen hinter dem Türchen sein. Baupläne für Raumschiffe oder Anleitungen, wie man einen Warp-Antrieb baut ..."

Ihre Phantasie ist grenzenlos.

„Nun, dann weiß ich auch, wer heute nacht genauso gebannt vor dem Fernseher hocken wird wie du, Liebste: der Herr von Däniken!"

„Ja, und *du*, Katerle, weil ich dich ja zum Ankuscheln brauch' ... wenn's gruselig wird!"

Ich bin mir insgeheim ziemlich sicher, dass *ich* die ganze Angelegenheit nicht gebannt sondern sehr missmutig verfolgen werde. Wer will schon gerne mitten in der Nacht geweckt werden?

Die Katze hat es sich inzwischen auf dem Sofa gemütlich gemacht, mir großzügig einen Platz neben sich angeboten und schon mal den Wecker gestellt. Sie will ein bisschen „auf Vorrat" schlafen.

Punkt drei Uhr dreißig klingelt der Wecker und reißt uns aus dem Sofaschlaf. Meine Liebste steht auf, macht sich einen Kaffee und schaltet den Fernseher ein. Dann setzt sie sich entschlossen auf einen Stuhl und harrt der Dinge, die nun kommen sollen. Schließlich sind es zwei Ereignisse, die live bestaunt werden können. Die Aktion mit dem Geheimgang und parallel dazu das erstmalige Öffnen eines Sarkophags.

Nun, erwartungsgemäß kommt nicht viel. Eine zappelige, aufgeregte Katze und eine nervige Fernsehmoderatorin lassen mich tief aufseufzen und meiner verpassten Nachtruhe hinterhertrauern.

An der Art der Präsentation stört sich mittlerweile auch meine Liebste gewaltig. Ihre Hoffnungen, Zeugin eines einmaligen historischen Ereignisses zu werden, sinken mit jeder Minute.

„Katerle, die ziehen das ja auf wie eine Show", murrt sie. „Fehlt nur noch das McDonalds-Emblem, wie es auf der Pyramide in die ägyptische Nacht leuchtet. Ägyptische Wochen bei McDonalds … mit Cheopsburger, Sphinx-McNuggets und Mumien-Donuts …! Und ich wette mal, die zeigen in Amerika in ihren Werbepausen auch noch Spots für Ölbalsam und Mullbinden …"

Der kleine Miniroboter ist nun schon seit einer Stunde auf seinem Weg zu der geheimnisvollen Tür.

Meine Liebste wird langsam ungeduldig.

Ich beobachte sie, wie sie gespannt den zweiten Fernsehreporter beobachtet. Dieser ist damit beschäftigt, das Öffnen des Sarkophags zu kommentieren.

Die Katze kommentiert auch.

„Ein Skelett! Nur ein klappriges Skelett", ruft sie enttäuscht. „Das ist bestimmt aus Plastik. Das haben die Fernsehleute vorher reingelegt. Da hätten sie sich aber was Spektakuläreres ausdenken können. Bei *der* Tricktechnik, die's jetzt in Hollywood gibt!"

Sie scheint etwas übermüdet zu sein und nicht mehr so ganz zu wissen, ob sie nun eine Dokumentation oder einen Abenteuerfilm sieht. Sie kuschelt sich wieder zu mir auf's Sofa.

In der Cheopspyramide ist der fahrende Roboter unterdessen fast an seinem Ziel angekommen.

Meine Liebste ist in meinem Arm eingeschlafen.

Der Miniroboter bohrt ein Loch in die Tür und schaut mit seiner Kamera hindurch.

Hinter der geheimnisvollen Tür ist noch eine geheimnisvolle Tür.

Ich seufze tief.

Wir werden wohl eine weitere ägyptische Nacht verbringen ... die Katze, der Herr Däniken und ich ...

Der Herr Planck

Meine Katze sorgt dafür, dass unser Haus ständig neuen Zulauf hat. Denn ihr laufen dauernd die seltsamsten Typen zu. Man könnte nun meinen, sie sucht geradezu danach. Tut sie aber nicht. Sie findet einfach. So, wie manche Leute zuweilen ein Geldstück am Straßenrand finden. Sie sehen es blinken, heben es auf, stecken es ein und nehmen es mit nach Hause.

Den Herrn Planck zum Beispiel hat die Katze beim Chatten gefunden. Sie chattet für ihr Leben gern und ich freue mich, wenn sie das tut. Denn ihr Plappern in den Weiten des Internets hat für mich den unschätzbaren Vorteil, dass ich während dieser Stunden von ihrem ständigen Dazwischengequatsche verschont bleibe. Das Chatten geht lautlos vor sich und ich kann in Ruhe lesen. Das Klappern der Tastatur stört mich nicht weiter.

„Ach, übrigens Katerle", hat die Katze eines Abends nach einer ihrer Chat-Sitzungen zu mir gesagt, „ich glaube, der Herr Planck ist ein netter Zeitgenosse. Wir unterhalten uns immer sehr angenehm im Chat."

„Nun ja, du weißt ja nicht viel über ihn, außer dass er Naturwissenschaftler ist ... und Junggeselle ... und sehr zurückgezogen lebt", habe ich ihr entgegnet und mich wieder meinem Buch zugewandt, welches für mich von weit größerem Interesse war als ihre virtuellen Zufallsbekanntschaften.

„Wär' doch aber schön, ihn kennenzulernen", hat die Katze weitergebohrt und ich habe, den Kopf immer noch über mein Buch gebeugt, nur ein zerstreutes „ja, ja" von mir gegeben.

„Na fein, Liebster, du musst gar nicht mehr lange warten, er kommt nämlich nächstes Wochenende. Ich habe ihn eingeladen!"

Gut, dass ich solche Spontan-Aktionen mittlerweile schon gewöhnt bin. So schnell kann mich nichts mehr erschüttern.

„Du bist ein Schatz, Katerle, wusst' ich's doch, dass es dir recht sein wird", hat sie mich dann umschnurrt – ohne überhaupt meine Antwort abzuwarten. Sie findet meine Gelassenheit, die reiner Selbstschutz ist, wohl sehr angenehm. Tags darauf hat sie sich, beziehungsweise uns, in die Vorbereitungen für den Planck-Besuch gestürzt.

Am darauffolgenden Freitag ist dann der Herr Planck vor unserer Haustüre gestanden. Ein etwas schüchterner, leicht zerzauster, großgewachsener und sehr magerer Typ. Das mitleidige Herz meiner Katze hat sich ihm gleich weit geöffnet und sie hat mich in die Küche geschickt, um das Abendessen fertig zu kochen.

„Wir werden Sie schon aufpäppeln, Herr Planck", hat sie sich bei ihm eingehakt und ihn plappernd und plaudernd ins Wohnzimmer geführt.

Der Herr Planck hat nicht viel gesagt, und auf die Fragerei meiner Katze, die dem FBI und dem CIA zur Ehre gereicht hätte, nur ziemlich einsilbige Antworten gegeben. Aber meine Liebste gibt nie schnell auf. Und so ist es ihr plötzlich eingefallen, das Lieblingsthema des Herrn Planck zur Sprache zu bringen: Naturwissenschaften. Es muss ihr ordentlich schwer gefallen sein das zu tun, denn sie hat von Physik, Chemie und Mathematik so viel Ahnung wie manche Leute von der deutschen Grammatik und sie hegt und pflegt eine vehemente Abneigung gegen jegliche Naturwissenschaften.

Auf alle Fälle hatte sich dieser selbstlose Schachzug als wirksam erwiesen. Innerhalb kürzester Zeit ist unser Gast aufgetaut und wir sind in ein höchst interessantes Gespräch über die Relativitäts-Theorie verwickelt gewesen, der Herr Planck und ich.

Die Katze weniger.

Sie hat sich nach einer Weile geärgert.

„Ich finde das alles relativ langweilig", hat sie auf Herrn Plancks höfliche Frage, was denn *sie* von der Relativitätstheorie halte, geantwortet. „Außerdem ist es relativ sicher, dass ich davon nix kapiere!"

Er hat daraufhin meine Katze nur leicht verwundert angeschaut und in aller Unschuld seine wissenschaftlichen Ausführungen fortgesetzt, zumal er in mir ja einen höchst interessierten Zuhörer gefunden hatte.

Als wir bei den Gravitationsgesetzen angelangt waren, ist die Katze genauso geladen gewesen wie die positiven und negativen Teilchen, die in der Physik eine so große Rolle spielen.

Auf ihr wiederholtes ungeduldiges Seufzen hin hat der Herr Planck sich alle Mühe gegeben, die ganzen Newton'schen Gesetze sehr vereinfacht zusammenzufassen.

„Passen Sie auf, meine Liebe, ich erklär's Ihnen noch mal:

Erstens: Alle Körper bewegen sich geradlinig und
   gleichförmig, solange keine Kraft auf sie wirkt.

Zweitens: Eine einwirkende Kraft verändert den Bewegungszustand eines Körpers, sie verändert seine Geschwindigkeit und zwar proportional zur einwirkenden Kraft und umgekehrt proportional zu seiner Masse.

Drittens: Alle Körper ziehen sich gegenseitig mit einer Kraft an, die proportional ihrer Masse ist und umgekehrt proportional zum Quadrat des Abstands.

Die beiden letzten Punkte verdeutlichen auch die Begriffe „schwere Masse" und „träge Masse" und aus Punkt eins schließlich folgt, dass es keinen bevorzugten Ruhezustand gibt. Es hängt nur davon ab, von wo man eine Bewegung beobachtet."

Der Herr Planck ist mit seinen Ausführungen fertig gewesen. Die Katze hat geschluckt.

„Hä?", hat sie erstmal sichtlich gereizt hervorgebracht und schließlich festgestellt, dass ihr die Begriffe „schwere Masse" und „träge Masse" nach einem einzigen Blick auf mich schon längst klar geworden seien.

„Und das mit den Körpern ist logisch: Der Kater bewegt sich auch nicht mehr gleichmäßig und gleichförmig, wenn die Kraft des Alkohols auf ihn wirkt ... und sein und mein Körper ziehen sich zweifellos gegenseitig an – und zwar kräftig!"

Die Katze hat einen Moment inne gehalten. Nur einen kleinen Moment.

„Aber einen bevorzugten Ruhezustand gibt es sehr wohl", hat sie unserem verdutzten Gast dann triumphierend entgegengeschmettert, „zumindest bei meinem Katerle ist es der auf dem Sofa … und seine Bewegungen sind, besonders am frühen Morgen, definitiv *relativ* langsam …"

Der Herr Planck ist unser Freund geworden. Trotzdem.

Aalglatt ...

„Jetzt mischt der sich auch noch in die Politik ein, jetzt isser total übergeschnappt", faucht die Katze und reißt mich mit ihrem Ausruf aus meinen Gedanken.

Sie tut das oft. Sehr oft. Mich aus meinen Gedanken reißen und mich beim Lesen unterbrechen. In ganz schlimmen Fällen redet sie sogar auf mich ein wenn ich auf dem Sofa liege und döse. Und wenn ich nicht auf ihre Bemerkungen eingehe, dann bohrt sie nach. Dann hab ich überhaupt keine Ruhe mehr.

Seufzend drehe ich mich zu ihr um. Es ist besser, das schnell hinter sich zu bringen.

„Wer ist übergeschnappt und mischt sich in die Politik ein?", frage ich und geb' mir Mühe, interessiert zu klingen. Erstens liebe ich sie – und zweitens hab ich keine Lust mir Vorwürfe anzuhören, dass ich ihr nicht mal antworte, wenn sie etwas zu mir sagt.

„Der Bohlen, diese Dumpfbacke", schimpft sie jetzt los, offensichtlich hocherfreut über meine schnelle Nachfrage.

Ich seufze. Dieter Bohlen. Diesem Namen kann man dieser Tage wohl nicht entgehen. Die Promotion für seine literarischen Machwerke läuft auf Hochtouren. Überall springen uns die Bohlen-Bücher entgegen. Sogar der „Spiegel" war sich nicht zu schade, ausführlich und in Auszügen darüber zu berichten ... und ich habe in letzter Zeit öfter boshafte Bemerkungen meiner Liebsten darüber hören müssen, was dem „Dieddä" so alles in seinem Leben zugestoßen ist.

„Ach, lass ihn doch", versuche ich jetzt, dem Gespräch ein schnelles Ende zu bereiten, „wenn er meint, er müsse literarische und politische Ergüsse von sich geben, dann soll er halt!"

Das war eine unüberlegte Bemerkung.

Die Katze hat Lust, über Herrn Bohlen herzuziehen und nimmt den Ball, den ich ihr unbeabsichtigt zugespielt habe, sofort auf.

„Ha!", meint sie, „der sollte lieber nur die einzigen Ergüsse von sich geben, von denen er wohl zwangsläufig eine Ahnung hat ... Samenergüsse!"

Das ist heftig. Aber sie grübelt weiter. „Obwohl – nicht mal *das* kann er anständig. Immerhin hat er sich zweimal beim Sex den Penis gebrochen! Wie ein „toter schwarzer Aal" habe sein bestes Teil nach den Unfällen ausgesehen, schreibt er!"

Mir wird übel.

Ich möchte das Thema beenden.

Die Katze möchte nicht.

„Erst erbricht er zwei Bücher und jetzt meint er noch, er könne seine Meinung zur Lage der Nation abgeben. Demnächst wird er wohl noch Kanzlerkandidat. Durch Deutschland müsse ein Ruck gehen, hat er in einem Interview gesagt – es genügt ihm wohl nicht, dass durch seinen Schwanz schon zweimal ein Ruck gegangen ist! ... Obwohl, wenn man bedenkt, dass bei vielen Männern das Hirn eben an dieser Stelle sitzt, dann waren diese Unfälle sowas wie Genickbrüche ... zwei Genickbrüche – das *muss* ja negative Folgen für die geistige Leistungskraft haben ...!"

Das war gemein. Fast könnte ich Mitleid mit dem Verspotteten haben. Außerdem ärgern mich ihre männerfeindlichen Äußerungen.

„Es wundert mich ja, dass du dich so sehr für Dieter Bohlen interessierst", stichle ich, „die Frauen, die sich für den begeistern, haben gewöhnlich Silikonbrüste oder Gießkannenstimmen und mangelhafte Deutschkenntnisse!"

So. Das hat gesessen. Meiner Katze bleibt der Mund offen stehen.

Ich triumphiere heimlich.

Punktsieg für mich!

Die Diskussion ist offensichtlich beendet und ich bin erleichtert, dass ich dem Übelkeit verursachenden Thema „Bohlens schwarzer Aal-Penis" entkommen bin. Nichts Ekelerregendes mehr für meinen schwachen Magen und endlich mal kein Kontra von der Katze. Ich lehne mich zufrieden im Sessel zurück und nehme mein Buch wieder zur Hand.

Meine Liebste fragt auf einmal mit sanfter Stimme, ob ich etwas zu Essen haben möchte.

„Ach ja, eine Kleinigkeit", entgegne ich erstaunt und leicht gönnerhaft. „Wie lieb von dir, mir etwas zu bringen. So kann ich in Ruhe weiterlesen! Was gibt's denn Gutes?"

„Aal ... toten schwarzen Aal, Liebster ...!"

Helden

„Du, Katerle", sagt die Katze und unterbricht mich in der äußerst spannenden Lektüre des neuesten Perry-Rhodan-Heftchens.

Wenn sie so ansetzt, dann kommt was. Irgendwas besonderes. Das weiß ich aus Erfahrung.

„Was denn?", frage ich etwas unwirsch, denn mein Weltraumheld hat sich gerade in sein Raumschiff geschwungen um einen Planeten von einem aggressiven Schwarm mutierter Killerwespen zu befreien und ich möchte ihn gerne lesenderweise dabei begleiten.

Science Fiction im Allgemeinen und Perry Rhodan im Besonderen sind meine einzige Schwäche in einem Bibliothekarsleben voller Sachbücher, mittelalterlicher Inkunabeln und ellenlanger wissenschaftlicher Abhandlungen.

„Du, Katerle", setzt die Katze wieder an, „ich möchte heute einen Film anschauen. Mit dir zusammen!"

„Schau' ihn dir doch an, den Film, Liebste ... ich lese derweil mein Heftchen weiter", entgegne ich, „du brauchst mich doch nicht dazu!"

„Doch", beharrt die Katze, „ich brauche dich dazu. Es ist nämlich ein Gruselfilm und ich will mich bei dir ankuscheln!"

Gruselfilm? Ich hasse Gruselfilme. Ekelhaft, sowas.

„Ich hab aber keine Lust, mir einen Gruselfilm anzuschauen", sage ich in einem sanften, aber bestimmten Ton und in der Hoffnung, ihre Bitte abgeschmettert zu haben.

Mein Tonfall war wohl zu sanft und nicht bestimmt genug. Und die Hoffnung war vergebens.

Die Katze ändert ihre Taktik.

„Katerle, ich *brauche* dich, du bist doch mein Held", schnurrt sie jetzt und schmiegt sich an mich.

Das wirkt.

Ich mutiere vom Brillenträger mit Bauchansatz und Kniebandage am lädierten Bein zu einer Mischung aus Perry Rhodan und Richard Gere. Für Bruchteile von Sekunden sehe ich im Spiegel den letzten Ritter und Robin Hood in einer Person.

„Welchen Film möchtest du denn gerne sehen, Liebste?", frage ich gönnerhaft.

„Angriff der Mörderspinnen", antwortet sie mit einem wohligen Schaudern in der Stimme.

Mörderspinnen! Ausgerechnet meine Liebste, die schon jedes Spinnentier mit einer Körpergröße von mehr als einem Millimeter für eine Mörderausgabe dieser Gattung hält und bei diesem Anblick in hysterisches Kreischen ausbricht. Mit der Konsequenz, dass ich mittlerweile zum verdienten Spinnenjäger geworden bin. Sobald ein *Spinnenschrei* von der Katze ertönt, muss ich das Tier mittels Glas und Postkarte einsammeln und in den Garten werfen. Am nächsten Tag kommt das Viech dann mit seinen Freunden und Verwandten im Schlepptau in unser tierliebes Heim zurück um sich persönlich dafür zu bedanken, dass meine Liebste es am Leben gelassen und nicht in den Staubsauger eingesaugt hat. Sie hat ja mich, um die Tierchen auf liebevolle Art und Weise aus dem Haus zu komplimentieren.

„*Du* willst einen Gruselfilm mit Spinnen sehen?", spotte ich. „Jede noch so kleine Spinne hier im Haus muss ich für dich fangen …!"

„Na und?", fragt die Katze trotzig und nachdem das Heldengefühl, in das sie mich versetzt hat, immer noch anhält, gebe ich nach.

Perry Gere Richard Rhodan sitzt mit seiner Liebsten im Arm auf dem Sofa und wartet auf die Dinge, die da kommen.

Es kommen Dinge. Spinnen. Mannsgroße, haarige, hungrige Spinnen.

Die Katze kuschelt sich enger an mich und hält sich die Augen zu.

„Erzähl mir, was passiert, Katerle … ich kann gar nicht mehr hingucken", maunzt sie ängstlich und hat wieder dieses wohlige Schaudern in der Stimme.

Ich gucke. Eines der gefräßigen Biester beißt gerade einem Mann den Kopf ab.

Mir wird übel.

Ich stehe auf und schalte aus.

Meine Liebste ist sauer. „Du bist mir ja ein schöner Held", mault sie, „wegen so ein paar Spinnen gleich schlappmachen, das gilt nicht! Mit dir kann man nichts anfangen …!"

*

Mir langt's. Wer wollte denn den Film anschauen? Sie doch. Und jetzt stürzt sie mich erbarmungslos aus meinem Heldenhimmel. Nur weil mein Magen schwächelt.

Ich schleiche mich in die Küche um mir einen Kamillentee zu machen.

Im Ausguss sitzt eine fette Spinne.

Fein.

In einer Minute werde ich wieder ein Held sein.

„Liebste, komm doch mal bitte, ich muss dir was zeigen …!"

Sofort und auf der Stelle ...

„Der ist so was von süß und er erinnert mich an dich" ... schwärmt meine Katze und ich frage etwas pikiert nach, wer denn so süß sei.

„Na, der Mann aus dem Duschgel-Werbespot", entgegnet sie und das begeisterte Leuchten in ihren Augen zeigt mir, dass sie es verdammt ernst meint.

„Dieser Werbespot mit dem nackten Mann im Supermarkt", fährt meine Liebste kichernd fort, „ich hab ihn sogar aufgezeichnet, weil ich ihn dir *unbedingt* zeigen muss!"

Soweit sind wir also schon. Sie nimmt Werbespots auf Video auf. Ich werfe ihr einen besorgten Blick zu.

Aber sie ist schon aufgestanden und schiebt das Band in den Rekorder.

Ich lege seufzend mein Buch zur Seite.

„Immer muss alles sofort und auf der Stelle passieren", knurre ich, „das kann nerven –

und mich nervt es heute! Nichts, aber auch gar nichts muss sofort und auf der Stelle passieren!"

Natürlich hat die Katze diese unfreundliche Bemerkung geflissentlich überhört.

Die knackenden und knarrenden Geräusche, mit denen der Videorekorder das Band einzieht lassen mich befürchten, dass er es wohl nicht mehr lange machen wird und demnächst eine Geldausgabe bevorsteht. Das hebt meine Laune nicht unbedingt.

Nach anfänglichem Geflacker kann ich nun einen Mann unter der Dusche stehen sehen. Ein sympathischer Typ, dieser Nackedei … kein junger, muskelbepackter Schönling sondern ein Durchschnittsverbraucher mit ziemlich wenig Resthaar und Bauchansatz … man kann sich irgendwie sofort mit ihm identifizieren.

Ich begehe den schwerwiegenden Fehler, diesen Gedankengang laut auszusprechen. Eigentlich wollte ich ja nur irgend etwas sagen, um Interesse zu heucheln und die Sache schnell hinter mich zu bringen.

„Klar kannst du dich mit dem identifizieren – schon allein sein Bäuchlein muss dir *sehr* bekannt vorkommen", spöttelt die Katze und ich spüre, wie es in mir zu brodeln beginnt.

Der Mann unter der Dusche muss indessen plötzlich feststellen, dass sein geliebtes Duschgel alle ist. Fertig, aus, nix mehr da, Flasche leer!

So steigt er entschlossen aus der Dusche, schlingt sich ein Handtuch um seine leicht gepolsterten Hüften und saust in den nächsten Supermarkt um Nachschub zu holen.

„Ja, ja", tönt es hinter mir, „leicht gepolsterte Hüften … eine echte Identifikationsfigur, dieser Mann …"

Sie kann meine Gedanken lesen. Wieder mal.

Das Brodeln in mir hat sich gewaltig aufgestaut und ich brauche ein Ventil, um Dampf abzulassen.

„Schau mal, was nun passiert, Liebste! Jetzt ist er im Supermarkt, kann sich nicht entscheiden, welche Marke er nun kaufen soll und wirft schließlich einfach eine ganze Auswahl an Duschgel-Flaschen in seinen Einkaufswagen … das bist *du*, meine Liebe … du kannst dich auch nie entscheiden!"

Ungerührt zuckt sie mit den Schultern. „ Ja, und? Das geb' ich ja zu … aber ich wäre nie im Leben so zerstreut und fahrig, ohne Bekleidung zum Einkaufen zu gehen, womit wir schon wieder bei *dir* wären …!"

Das hätte sie nun nicht sagen dürfen. Ohne Bekleidung bin ich noch nie aus dem Haus gegangen. Soooo zerstreut bin ich nun wahrlich nicht. Na gut, vielleicht mal in Hausschuhen, vielleicht ab und zu mal ohne Geldbeutel, vielleicht des öfteren ohne mein Handy … aber unbekleidet? Das ist die Höhe! Ich bin unversöhnlich!

Gleich wird sie mir auch noch unterstellen, dass ich es fertig bringen würde, mitsamt dem Einkaufswagen aus dem Supermarkt zu stürmen, so wie der Mann in der Werbung es eben tut.

Und zum guten Schluss, diesem Augenblick in dem er nun sein Handtuch verliert und uns seinen nackten Hintern zeigt, hat sie bestimmt auch noch was zu sagen …

Hat sie auch.

Aber sie ist schlau, meine Katze.

Weiß, wann sie zu weit gegangen ist und wie sie mich wieder umgarnen kann.

„Zwei Dinge gibt es allerdings, die dich von diesem Mann unterscheiden, Liebster", ändert sie auf einmal ihren bisher so ironischen Tonfall und fährt mir zärtlich durch die Haare.

„Erstens hast du wunderbare Haare, in denen es sich herrlich wühlen lässt, und zweitens …

... zweitens hast du einen viiiiel süßeren Popo ... einen wunderbaren Hintern ... einen einmaligen Knackarsch ...!"

Ich bin hin und weg. Ich werde meine Qualitäten umgehend unter Beweis stellen. Es gibt Dinge, die sofort passieren müssen – sofort und auf der Stelle ...

Von nutzlosen Büchern und heißen Sachen

„Du, Katerle", sagt die Katze zu mir.

Wenn sie so anfängt, dann ist sie mitteilungsbedürftig und es ist ratsam, ihr wenigstens ein bisschen Aufmerksamkeit zu schenken. *Scheinaufmerksamkeit* nenne ich das so für mich. Ein paar „hm"s und „aha"s und ab und zu ein kurzes „so, meinst du?" eingestreut – und schon ist mein Leseabend gerettet. Allerdings musste ich schon eine gewisse Fertigkeit im Dosieren meiner kleinen Zwischenbemerkungen entwickeln. Zu Beginn unserer Beziehung war ich damit zu sparsam, was jedes Mal ein empörtes „du hörst mir ja gar nicht zu!" zur Folge hatte. Daraufhin habe ich mich dann ein paar Mal dazu hinreißen lassen, nach *jedem* Satz von ihr „aha" oder „soso" zu sagen, was jedoch immer ein gekränktes „dich interessiert das überhaupt nicht!" zur Folge hatte.

Mittlerweile jedoch möchte ich mich nicht ohne Stolz als Meister des zum Zwecke des Selbstschutzes geheuchelten Interesses bezeichnen und ich denke ernsthaft darüber nach, einen Ratgeber für meine Geschlechtsgenossen zu verfassen ...

„Duhu, Katerle ... du hörst mir ja gar nicht zu!", tönt es jetzt vorwurfsvoll hinter mir.

Stimmt. Ich habe ihr wieder mal nicht zugehört. Ein Buch beschäftigt mich und ich lese aufmerksam darin. „Neues nutzloses Wissen für die Westentasche" ist es betitelt. Wirklich amüsant und kurzweilig zu lesen.

„Duhu, Herr Mayer ..."

Jetzt wird es prekär. Wenn sie „Herr Mayer" zu mir sagt, ist sie sehr gereizt.

Aber ich will lesen und denke mir in Panik blitzschnell eine neue Strategie aus.

Die „Ich-bringe-*mein*-Thema-zur-Sprache"-Strategie!

„Hast du gewußt, Liebste, dass 1745 im preußischen Heer mehr als 1000 Muslime gedient haben? 1795 gewährte der König den Nachkommen der tatarischen Horde ..."

„Hä?", unterbricht die Katze meine Vorlesung.

Ich lasse mich doch nicht von unqualifizierten Zwischenfragen aus dem Konzept bringen – ich werde durchhalten und sie von ihrem Thema, was immer es auch sein mag, abbringen!

„In den Wojewodschaften Bialystok und Zielona Gora des benachbarten Polen lebt das tatarische Erbe bei Minderheiten bis heute im …"

Sie reißt mir das Buch aus der Hand und wirft einen Blick auf den Titel.

„Aha … nutzloses Wissen also … da frage ich mich doch, warum du dann darin liest", faucht sie böse. „Du solltest lieber ein Buch zum Thema *Wie verstehe ich die Frauen* lesen!"

Ich zucke zusammen. Die neue Strategie wird gestrichen und nicht in meinem geplanten Ratgeber für Männer erwähnt werden.

Vielleicht sollte ich ihr ausnahmsweise doch mal meine ungeteilte Aufmerksamkeit schenken. Könnte ja sein, dass sie sich neue Dessous gekauft hat, mir *davon* erzählen und sie anschließend vorführen will …

Ja, *das* wird es sein. Diesmal hat sie wirklich einen guten Grund, mich beim Lesen zu stören.

Mir wird's warm – nicht nur ums Herz. Ich wende mich ihr mit einem liebevollen Blick zu.

„Duhu, Katerle, ich hab heut' was gekauft …", sagt sie sanft.

Na bitte! Ich hab's geahnt … meine männliche Intuition hat mich nicht im Stich gelassen.

Mir wird heiß.

„Ja, Liebste, was denn?", flöte ich in freudiger Erwartung.

„Es hat aber vieeel Geld gekostet … und es wird sehr heiß", wendet sie mit einem unwiderstehlichen Augenaufschlag ein, „und jetzt brauche ich *dich* dazu!"

Ich stehe kurz vor dem Überkochen.

„Macht nix, macht gar nix, Liebste! Ich bin für dich da … voll und ganz!"

„Fein, Katerle, dann kannst mir jetzt den neuen vollautomatischen Backautomat zusammenbauen … ich kapier die Anleitung nämlich ü-ber-haupt nicht …!"

Hitze

"Mir ist so heiß", jammert die Katze, "ich *hasse* diese Hitze!" So geht das nun seit Tagen und Wochen. Beides. Die Hitzewelle und ihr Gejammer.

Ganz schön strapaziös. Weniger die hochsommerlichen Temperaturen. Im Gegenteil. *Die* genieße ich.

Aber ihre schlechte Laune ob dieser ungewöhnlichen Temperaturen ist gewöhnungsbedürftig.

"Ganz Deutschland freut sich über diesen Sommer – nur *du* jammerst."

"Ich bin nicht ganz Deutschland! Ich bin ich. Und ich leide. Ich werde vorübergehend auswandern. Auf die Orkney-Inseln. Da gibt es die wenigsten Sonnenstunden im Jahr!"

Sie wirkt wild entschlossen.

„Da gibt es aber *mich* nicht!", stelle ich nüchtern fest. Das muss ihr doch zu denken geben … hoffe ich.

„Pöh – is' mir doch wurscht! Der einzige Mann, der mich momentan schwach machen könnte, müsste ein Schneemann sein! Und auf den Orkney-Inseln lebe ich dann halt ohne dich zölibatär … oder so ähnlich. Hauptsache, keine Sonne!"

Spärlich, sehr spärlich ist meine Liebste in unseren eigenen vier Wänden nur noch bekleidet. Jetzt sitzt sie in einem Hauch von Nichts auf dem Sofa und betrachtet einen Bildband über Alaska.

„Das haben die im Fernsehen gesagt, dass Leute beim Betrachten von Eis- und Schneephotos weniger schwitzen. Sie kühlen sozusagen mit visueller Hilfe ab", sagt sie hoffnungsfroh. Die kleinen Schweißperlen auf ihrer Stirn aber strafen die Worte der Psychologen Lügen.

„Ich denke mal, wir werden weiterschwitzen müssen", meine ich nur und beobachte dabei, wie der Träger ihres Hemdchens über ihre Schulter rutscht. Die Hitze überträgt sich auf meine Gefühle und ich nehme die Katze zärtlich in den Arm.

Vielleicht sollte ich einen Versuch wagen?

„Geh weg! Du klebst!", faucht sie böse.

„Ich bin vielleicht etwas schweißnass, aber ich klebe nicht", erwidere ich leicht indigniert. „Lass uns doch ins Bett gehen, Liebste …"

„*Du* kannst ja gerne ins Bett gehen und dich noch dick zudecken, aber *ich* gehe nicht mit!"

„Ich dachte auch weniger an Zudecken", necke ich sie.

„Ha, dir ist wohl die Hitze aufs Hirn geschlagen!", fährt sie hoch, „oder woanders hin. Wie kann man bei diesen Temperaturen überhaupt noch an Sex denken?"

Ich sehe meine Felle davon schwimmen.

„Das verbraucht eine Menge Kalorien bei dieser Hitze", versuche ich sie zu locken.

„*Du* musst Kalorien verbrauchen, nicht ich! Ich bin doch nicht dazu da, dir deinen dicken Bauch abzutrainieren. Wenn Du noch mehr schwitzen willst, dann geh' halt in die Sauna! Sex bei solcher Hitze ist äußerst schädlich. Außerdem find ich es einfach eklig, wenn zwei schweißnasse Körper aneinander kleben!"

Ich finde das ganz und gar nicht und sehe für einen Moment diese Situation an meinem inneren Auge vorbeiziehen. Mir wird es noch ein paar Grad wärmer.

Aber die Katze scheint wild entschlossen, sich schon mal als Vorbereitung für ihren einsamen Aufenthalt auf den Orkney-Inseln in

Enthaltsamkeit zu üben. Sie steht auf, geht ins Bad und kurze Zeit später höre ich die Dusche rauschen.

Na, dann soll sie halt im Sommer enthaltsam leben. Dafür werde *ich* im Winter nicht auf ihre Annäherungsversuche eingehen. Wenn sie sich bibbernd vor Kälte zu mir unter die Decke kuschelt werde ich kühl bleiben. Kalt. Wie der Schneemann, den sie sich jetzt so wünscht. Davon kann mich nichts mehr abbringen. Das werde ich ihr jetzt sofort mitteilen.

Ich gehe gemessenen Schrittes Richtung Badezimmer. Sie muss wissen, was sie im Winter erwartet, respektive *nicht* erwartet. Die Tür steht einen Spalt breit offen. Unter der Dusche steht meine Liebste, eingehüllt in eine Wolke zarten Schaum.

Jetzt werde ich sie ganz unbarmherzig mit meiner unumstößlichen Entscheidung konfrontieren!

„Liebste …", setze ich entschlossen an, „nur damit Du Bescheid weißt …"

Sie dreht sich zu mir um. Der Schaum läuft in kleinen Rinnsalen an ihrem Körper herunter.

„Ich werde … im Reisebüro anrufen und einen Trip auf die Orkney-Inseln buchen. Für zwei Personen …"

Neues von Herrn Planck

Der Herr Planck hat uns mal wieder besucht. Seit dem denkwürdigen ersten Wochenende kommt er öfter mal vorbei. Die Katze hatte sich ja vorgenommen, ihn aufzupäppeln und von ihren guten Vorsätzen lässt sie sich nicht abbringen. Da ist sie hartnäckig.

„Und das, obwohl der Herr Planck Physiker ist", hat sie gemeint, „das kann man mir gar nicht hoch genug anrechnen, dass ich einen Physiker durchfüttere, anstatt ihn am ausgestreckten Arm verhungern zu lassen!"

Nun, die Zuneigung meiner Liebsten zum zerzausten Herrn Planck hat wohl ganz eindeutig über ihre Abneigung gegen die Naturwissenschaften gesiegt und so hatte sich der Herr Planck eines schönen Sonntagmittags mal wieder bei uns zum Essen eingefunden.

„Mein Katerle hat sich heute wieder selbst übertroffen, Herr Planck", habe ich sie zu ihm sagen hören, während ich schwitzend und in vier Töpfen gleichzeitig rührend vor dem Herd gestanden bin.

Während des Essens habe ich mich dann mit Herrn Planck über seinen neuesten wissenschaftlichen Aufsatz ausgetauscht. Die Katze hat gelangweilt auf ihrem Teller herumgestochert (sie stochert *immer* im Essen, sehr zu meinem Ärger) und offensichtlich auf einen Themawechsel gehofft.

Danach ist aber dem Herrn Planck und mir ganz und gar nicht zumute gewesen. Wir sind in unser Gespräch vertieft gewesen und erst als das Wort „Schrödingers Katze" gefallen ist, hat meine Liebste aufgehorcht.

„Schrödingers Katze?", hat sie ihr demonstratives Schweigen und ihr Stochern im Essen unterbrochen, „was ist denn mit Schrödingers Katze passiert? Wer ist Schrödinger? Ist das ein Nachbar von Ihnen, Herr Planck?"

Ich habe mich geärgert, dass sich die Katze mit ihren unqualifizierten Bemerkungen in unser Gespräch eingemischt hat und habe mit einem Anflug von Bosheit geantwortet: „Die Katze hat man in eine Metallkiste gesperrt, zusammen mit einer kleinen Menge eines radio-

aktiven Isotops, dessen Atome im Schnitt einmal pro Stunde zerfallen ... und ..."
Weiter bin ich nicht gekommen.

„Das ist eine Unverschämtheit! Die arme Katze", hat sich meine Liebste ereifert und ihre Augen haben sich mit Tränen des Mitleids gefüllt.
Der Herr Planck hat sofort eingegriffen. Ob ihm die Katze leid getan hat oder ob er einfach Sorge hatte, dass er nie wieder zum Essen eingeladen werden würde, weiß ich bis heute nicht.
„Es handelt sich um ein berühmtes Gedanken-Experiment des Physikers Schrödinger, deshalb auch „Schrödingers Katze" genannt. Keine Katze ist dabei zu Schaden gekommen", hat er nachsichtig erklärt.
Aber die Katze ist unversöhnlich gewesen.
„So, so ... ein Gedankenexperiment also?! So was Perverses können sich auch nur Naturwissenschaftler ausdenken. Irgendwann werden sie es dann wirklich machen. Und überhaupt – *Schrödingers Katze* klingt blöde und ähnlich banal wie, wie *Nachbars Lumpi*!"
Der Herr Planck und ich haben uns angeschaut und beschlossen, das Thema zu wechseln. Zum Leidwesen meiner Liebsten haben wir aber lediglich von Schrödingers Katze zur Quan-

tenmechanik gewechselt und uns ausgiebig über „verschränkte" Quanten unterhalten, welche, obwohl weit voneinander entfernt, ohne Zeitverzug miteinander kommunizieren können.

Das hat der Katze gereicht.

Sie ist aufgestanden und hat unter den Tisch geschaut.

„Verschränkte Quanten kenne ich – unter dem Tisch sehe ich zum Beispiel deine und dem Herrn Planck seine. Jeder von euch beiden hat seine Quanten verschränkt und es sich sehr bequem gemacht!"

Den Nachtisch haben wir uns selber holen müssen.

Müdigkeiten

„Hey, du!"
„HEHEY, DUHUUU!"
Ziemlich unfreundliche Töne sind das, mit denen die Katze unsanft mein Sofa-Schläfchen stört.

Es kommt noch schlimmer. Jetzt rüttelt sie an mir 'rum. Ich hasse das. Nie kann sie mich in Ruhe schlafen lassen. Immer ist irgend was Wichtiges was keinen Aufschub duldet, und dann werde ich rücksichtslos geweckt. Nachts natürlich nicht. Da schläft sie dann endlich selber, total erschöpft von ihren rast- und ruhelosen täglichen Aktivitäten …

„Katerle, du bist eine solche Schlafmütze!" schimpft sie jetzt halblaut vor sich hin.

Aha. Sie denkt ich schlafe noch. Ich werde mich weiter schlafend stellen. Oder vielleicht am besten gleich ganz tot?

Sie macht noch einen Rüttelversuch. Einen der heftigen Art. In meinem Magen rührt sich mein noch nicht verdautes Mittagessen und überlegt sich, ob es sich auf den Rückweg machen soll.

Aber ich werde standhaft bleiben. *Diesmal* lasse ich mich nicht so einfach wegen irgendeiner Lappalie wecken. Das heißt, wach bin ich ja eigentlich schon – aber ich werd's nicht zugeben … nur über meine Leiche!

„Da! Wie eine Leiche liegst du da! Wusst' ich's doch, dass du einschlafen würdest! Jedesmal wenn du dich aufs Sofa legst, behauptest du, dass du dich nur ein bisschen ausruhen würdest. Und dann schläfst du *doch* ein! Immer das Gleiche! Falsche Versprechungen!"

Sie wird jetzt richtig laut. Das nervt.

„Du nervst, Herr Mayer! Nie hast du Zeit für mich! Schlafen, lesen, essen, vom Lesen und Essen müde werden und dann wieder schlafen!"

Ich nehme ihre Vorwürfe zur Kenntnis. Wie gut, dass sie denkt, ich schlafe noch, denk ich. Sie wird sich auch wieder beruhigen.

Tatsächlich wird es auf einmal still. Sie hat wohl aufgegeben. Oder sie ändert ihre Taktik.

Letzteres ist der Fall.

„Duhuu … Schatzilein, Katerle … wach doch auf!", tönt es auf einmal sanft hinter mir.

Auch damit wird sie nicht durchkommen. *Diesmal* nicht. Das wird sie schon merken, wenn ich mich trotzdem einfach nicht rühre.

Mit ihrer Geduld ist es nicht zum besten bestellt.

„Verdammt und zugenäht", platzt es auf einmal aus ihr heraus, „wenn du jetzt nicht sofort aufwachst, dann … dann lass' ich mich scheiden!"

Dieser unglaubliche Ausspruch verlangt eine sofortige Antwort.

Ich drehe mich zu ihr um.

„Wir sind ja gar nicht verheiratet!", erinnere ich sie boshaft.

„Ach, endlich bist du wach!", freut sie sich und ich bekomme ein schlechtes Gewissen ob meiner rücksichtslosen Bemerkung.

„Was willst du denn so Wichtiges, Liebste?", frage ich zärtlich. Schließlich könnte es ja auch sein, dass sie sich nach einem Schäferstündchen sehnt. Ja … genau … *das* wird es sein! Und dafür lass ich mich doch gerne wecken …

„Ach, ich wollte dir nur sagen, dass ich jetzt einen Einkaufsbummel machen gehe … und dass ich dich heute mal ganz in Ruhe schlafen lasse und *auf keinen Fall* wecken werde …"

Weihnachtskatze

Immer wenn die ruhige, die besinnliche Zeit des Jahres naht, wird meine Liebste unruhig und besinnt sich darauf, die Wohnung bunt zu schmücken, Lichterketten zu platzieren und zwanzig Mal am Tag „Rockin' around the Christmas Tree" anzuhören.

Nun, mittlerweile hab ich mich notgedrungen daran gewöhnt und zuweilen bereitet es mir auch Vergnügen, sie dabei zu beobachten, wie sie mit kindlicher Freude neuen Deko-Schnickschnack einkauft. Es wäre nur schön, denke ich manchmal insgeheim, wenn sie all das Zeugs nicht auch wirklich aufhängen, hinstellen oder sonstwie plazieren würde.

Wir sind im Supermarkt.

Eigentlich wollten wir nur etwas Kaffee, Obst und Gemüse kaufen.

Uneigentlich will die Katze mehr.

„Katerle, ich kann nicht widerstehen – das *muss* ich haben, das passt haargenau", wirft sie mir jetzt einen bittenden Blick zu und greift sich aus einem Weihnachts-Wühltisch eine knallbunte Lichterkette.

„Wohin bitte soll das passen?", frage ich leicht ungeduldig.

„Na, ganz einfach, Liebster! Ich dekoriere eines deiner Bücherregale damit!"

In mir beginnen alle Alarmglocken zu klingeln.

Meine Bücherregale sind mir heilig.

„Nein, das wirst du bitte nicht tun", entgegne ich bestimmt.

„Doch, das *werde* ich tun", kommt es sofort zurück und mit trotzigem Blick schnappt sie sich eine weitere Lichterkette.

Lauter kleine weiße Schneemänner mit roten Nasen und schwarzen Augen. Furchtbar kitschig.

„Guck mal, Liebster, wie süüüüß!"

Ich finde das alles gar nicht süß, sondern schrecklich. Und ich möchte mir gar nicht vorstellen, wo denn die Schneemänner wohl hängen sollen.

Die Katze klärt mich ungefragt auf.

„Die Schneemännle werde ich über das andere Bücherregal hängen", plant sie unbeirrt.

Ich muss feststellen, dass mein entschiedenes „Nein" eher das Gegenteil bewirkt hat.

Die Taktik muss geändert werden.

„Weißt du", sage ich zu meiner Weihnachtskatze, „ich finde Kerzenlicht viel romantischer!"

„Aber ich nicht", stellt sie fest und ehe ich mich versehe liegt eine dritte Lichterkette aus lauter klitzekleinen Rentieren in unserem Einkaufswagen.

Ich frage jetzt nicht, wo die Rentier-Lichterkette hinkommen soll.

Es gibt viele Bücherregale in unserem Heim.

Am besten, ich sage jetzt gar nichts mehr. Sonst entdeckt sie noch die Weihnachtsmänner-Lichterkette.

An der Kasse packen wir den Kaffee, etwas Obst und Gemüse, sowie die knallbunte Lichterkette, die Schneemänner-Lichterkette, die Rentier-Lichterkette, die Weihnachtsmänner-Lichterkette und einen blinkenden Leuchtstern auf das Band.

Mir ist übel.

Daheim angekommen fängt meine Liebste sofort mit ihrem großen Deko-Vorhaben an.

Ich habe mich mit einem Buch in meinen Ohrensessel verkrümelt und verwünsche alle Erfinder von bunten Weihnachts-Lichterketten.

„Fertig, Katerle", tönt es auf einmal triumphierend hinter mir.

Ich drehe mich um. Ich könnte heulen.

Rentiere über Science-Fiction-Literatur.

Schneemänner über dem Koran und Patricia Highsmith.

Weihnachtsmänner baumeln vor Erich Kästner und Edgar Allen Poe.

Die knallbunte Lichterkette ziert das Regal mit meinen zahlreichen Kochbüchern.

Im Fenster hängt der Blinkstern.

Alle Kabel verlaufen in eine Mehrfachsteckdose.

Ich hasse Hersteller von Mehrfachsteckdosen.

„Pass auf, Katerle, jetzt stecke ich die Beleuchtung ein!", ruft die Katze aufgeregt.

Sie steckt ein.

Alles blinkt für einen Moment auf.

Dann wird es dunkel

Zappenduster.

Rabenschwarz.

Die Sicherung hat schlappgemacht.

Mich wundert das nicht. Und klammheimlich erfüllt es mich mit boshafter Freude.

Die Katze tastet sich durch das Dunkel und schnappt sich eine Kerze aus dem Schrank.

Langsam erhellt sanfter Kerzenschein unser dunkles Heim.

Schön.

„Schön, Katerle", sagt meine Liebste, „ich hab ja schon immer gesagt, dass Kerzenlicht eigentlich viel romantischer ist!"

Ich frage jetzt nicht, warum sie dann so viele bunte Lichterketten gekauft hat.

Ich werde jetzt *nicht* darauf beharren, dass *ich* diese Feststellung schon beim Einkaufen getroffen habe.

Ich werde mich einfach ob ihrer Einsicht freuen.

Gleich wird sie mir sagen, dass sie meine Bücherregale befreien und all die scheußlichen Lichterketten in eine große Kiste auf dem Dachboden verbannen wird.

„Katerle", kuschelt sie sich auf einmal zärtlich an mich, „ich werd gleich morgen früh was machen …!"

Na bitte!

„Ja, Liebste, mach nur!"

„Ich werde den Elektriker anrufen. Er soll uns ein paar Extra-Steckdosen installieren, weil … ich glaube, ich mag Lichterketten doch noch lieber …!"

Signale der Annäherung

Wir haben Streit gehabt, die Katze und ich.
 Das heißt, sie hat Streit mit *mir* gehabt. Ich bin ein friedliebender Mensch und habe nie Streit mit ihr. Aber ihr war eben nach Streit zumute. Und dass ich nicht reagiert habe, hat ihre schlechte Laune eher noch verstärkt.

Worum es gegangen ist? Nun, wenn ich jetzt schreiben würde, ich wüßte es nicht mehr, und sie würde das dann lesen, dann wäre es nicht mehr nur Streit, nein, dann würde sie wohl behaupten, unser Verhältnis sei jetzt vergiftet. Also, um das Schlimmste zu verhüten: Sie hat mir mal wieder, wohl zum tausendsten Male, an meinen Kopf geworfen dass ich vor langer Zeit, so ganz beiläufig, vorgeschlagen habe wir könnten irgendwann mal heiraten, wenn sie das wolle. Das hat sie mir bis heute nicht verziehen. Und ab und zu stößt ihr das eben wieder sauer auf und dann wirft sie es mir an besagten Katzenkopf.

„Stimmt, das tue ich!", tönt es auf einmal hinter mir.

Sie hat also mitgelesen. Und klammheimlich schicke ich ein Dankgebet zum Himmel, dass ich gleich geschrieben habe, um was es geht.

„Du bist der unromantischste Mensch der Welt ... und unser Verhältnis *ist* deswegen vergiftet", verkündet sie jetzt mit dumpfer Stimme, „für immer und ewig! *Mir* macht man einen anständigen Heiratsantrag, oder man kriegt mich nicht!"

Ich seufze tief ... nur innerlich natürlich ... denn jetzt heißt es, einen kühlen Kopf zu bewahren. Nichts träfe sie tiefer, als wenn ich jetzt laut seufzte.

„Vergiftet?", frage ich vorsichtig nach, „so wie das Verhältnis zwischen den USA und Deutschland, zumindest aus Sicht der Amerikaner???"

Gelungen.

Das Ablenkungsmanöver ist gelungen.

Sie springt sofort darauf an.

Wahrscheinlich, weil sie ohnehin schlechte Laune hat ... wegen mir ...

„*Das* ist sowieso das Allerletzte, was da abgeht", faucht sie böse, „die ist wohl total übergeschnappt, die Regierung da drüben in den Vereinigten Staaten ... was glauben die denn eigentlich?"

„Ganz einfach Liebste, die glauben das, was sie schon vor einiger Zeit verkündet haben: Wer nicht für sie ist, ist gegen sie ..."

Die Katze ist empört.

„... dass die amerikanische Regierung jetzt so tut, als ob wir ihre *Feinde* seien, nur weil die deutsche Regierung eine andere Meinung hat, das ist eine Frechheit ... und dreimal Wehe, irgend jemand von unseren Politikern macht sich jetzt klein vor denen ... die können doch nicht verlangen, dass alle ihnen völlig kritiklos gegenüberstehen und begeistert jeden Mist mitmachen, den sie so vorhaben!"

Ich entgegne vorsichtig, dass genau das wohl eintreffen könne ... klein beigeben und wieder „gut Wetter" machen.

„Die Schlagzeilen sind eindeutig, Liebste! Der amerikanische Verteidigungsminister spricht schon von einer Gefährdung des transatlantischen Bündnisses und hat gemeint, dass dieses Verhalten über seinen Verstand geht ..."

„Pööhhh", schnaubt die Katze verächtlich, „das glaub' ich gleich, dass *dem* leicht etwas über seinen Verstand geht! Da ist die Messlatte ja nicht sehr hoch angelegt!"

Dass sie sich so dermaßen aufregen würde, hätte ich mir eigentlich denken können. Aber wenigstens hat sie wohl unsere persönliche „vergiftete Atmosphäre" darüber etwas zur Seite gelegt.

Hat sie nicht.

„Und überhaupt, kommen wir mal lieber von den transatlantischen auf *unsere* Beziehungen zurück … auf unsere zwischenmenschlichen", fährt sie nun entschlossen fort.

Bedrohlich klingt das.

Sehr bedrohlich.

Panik steigt in mir hoch.

Mir muß noch etwas einfallen, ich muß ihre Gedanken noch mal auf die Weltpolitik lenken.

„Weißt du, Liebste, es ist auf jeden Fall zwischendurch immer wieder mal von *Signalen der Annäherung* die Rede … das lässt doch hoffen, oder nicht", lenke ich sie ab.

„Ach, die sollen sich ihre Signale sonstwohin stecken", mault die Katze und verlässt das Zimmer.

Nun hab ich's wohl endgültig versemmelt. Mit der Weltpolitik ist sie nicht zufrieden und mit mir schon gar nicht. Düstere Aussichten sind das.

Nach einer Weile erscheint sie wieder. In Dessous. Sie setzt sich auf meinen Schoß.

Das kommt in Anbetracht unserer angespannten Lage etwas überraschend.

„Was ist denn *nun* los?", frage ich dämlich und mir fährt im selben Moment in Selbsterkenntnis durch den Kopf, dass wirklich nur Männer so blöd daherreden können.

„Signale der Annäherung, Katerle ..."

Averna ist die Lösung – oder auch nicht

Averna ist Dauergast in unserem Kühlschrank seit meine Katze dieses seltsame, dunkelgrünbraune alkoholische Getränk im September kennen- und schätzengelernt hat.

Da waren wir zu einem MS-Treffen in Mainz.

MS heißt die Krankheit, an der meine Katze leidet und die sie, teils stoisch ergeben, teils mit wilder Kampfbereitschaft, nun mit sich rumschleppt.

„Jetzt hör mal zu, Katerle", sagt sie immer, wenn ich Bemerkungen dieser Art fallen lasse. „Erstens ergebe ich mich nie und stoisch schon gar nicht und zweitens bin ich nicht Don Quichote, dass ich wild gegen Windmühlen kämpfe! So wie es ist, so ist es nun mal. Ich verschwende doch nicht meine Kampfkraft an so einen Scheiß!"

„Scheiß", damit hat das Thema für sie einen Platz in ihrem und unserem Leben gefunden, zwangsläufig.

Ja, in der Tat findet sie es sch …, dass sie oft im Rollstuhl herumgefahren werden muss. Und in der Tat hasst sie es, dass sie nur noch wenige Schritte ohne Hilfe allein gehen kann.

Aber, „so wie es ist, so isses halt – und jetzt machen wir das Beste draus", sagt sie dann.

Aber viel mehr als die täglichen Schwierigkeiten hasst sie es, dass unsere Zweisamkeit unter der Bettdecke dadurch behindert wird.

„Wie vornehm du das ausdrückst, Katerle", sagt sie nach einem Blick auf die gerade von mir verfassten Zeilen jetzt spöttisch. „Ich würde sagen, dass wir wegen dem Scheiß nicht mehr unbeschwert ficken können! Ich meine, du ja schon, aber ich weniger!"

Manchmal macht sie mich wahnsinnig, wenn sie die Dinge so auf den Punkt bringt.

„Ich glaube, du nimmst das schwerer als ich", versuche ich sie, wie immer, zu trösten. Aber das ist normalerweise keine gute Idee.

„Weil Du mich gar nicht mehr willst", sagt sie dann oder irgendwas ähnlich Dummes. Es ist wohl eher für sie ein Problem, das sie nicht mehr so „fuckable" ist, wie ich sie früher mal liebevoll neckend bezeichnet habe.

Aber ich schweife ab – eigentlich wollte ich ja von unserem Averna-geschwängerten MS-Treffen in Mainz erzählen.

Da haben wir viele nette Leute getroffen und ein reizendes Ehepaar kennengelernt.

„Ja, süß waren die", sagt meine Katze jetzt, „und die haben auch irgendwie das gleiche Problem wie wir – nur andersrum!"

Jetzt fängt sie schon wieder davon an. Aber ich habe jetzt keine Lust, auf dieses Thema einzugehen und erwähne lieber das dunkelgrünbraune Getränk, das meine Katze sich von Herrn S., ihrem „Leidensgenossen", wie sie ihn manchmal tiefgründig bezeichnet, spendieren hat lassen. Und zwar zur Genüge.

Und diese Verkostung hatte den nachhaltigen Effekt, dass seit diesem Tag stets eine Flasche Averna bei uns im Kühlschrank steht.

„Für alle Fälle", wie die Katze immer sagt. Wie sie eben die Fälle des Lebens so betrachtet …

Jedenfalls kaufe ich ziemlich oft Averna.

„Das tröstet mich über meine Unzulänglichkeiten hinweg", behauptet die Katze dann immer, „mit irgendwas muss man sich ja trösten – und außerdem, vielleicht stellt es sich eines Tages als *die Lösung* gegen MS heraus!"

Gartenglück

Zu unserem Zuhause gehört ein Garten.
Ein sehr kleiner Garten.
„Für uns zwei langt es doch", sagt meine Katze immer.

Das finde ich durchaus auch.

Eine schöne große Terrasse und ein fast ebenso großes Stück Rasen, ein gemauertes Hochbeet und vor dem Schlafzimmerfenster ein weiteres Beet.

Alles zu den Nachbarwohnungen durch frisch gepflanzte Buchenhecken abgegrenzt.

Aber kein Garten kann so klein sein, dass meine Katze nicht noch reiche Betätigungsfelder darin findet.

Und weil sie selber nicht mehr so kann, wie sie gerne will, bin ich das Opfer ihres gärtnerischen Eifers.

„Du, Katerle, ich habe Sträucher für das Hochbeet bestellt", sagt sie eines Tages zu mir.

Wer die einpflanzen wird ist mir klar.

Also pflanze ich zwei Wochen später, mehr oder weniger geduldig und kritisch von ihr beobachtet, einen Sommerflieder und eine Weigelie im Hochbeet.

„Und du weißt ja, dass ich es gerne selbst machen würde, wenn ich nur könnte", beteuert meine Liebste, ganz begeistert von meinen gärtnerischen Bemühungen.

Einerseits weiß ich das natürlich, aber andererseits wünschte ich mir, sie könnte tatsächlich all diese lästigen und höchst überflüssigen Gartenarbeiten selbst erledigen.

„Herrlich", freut sich die Katze, „jetzt wird es richtig gemütlich bei uns!"

Ich fand es bisher gemütlich genug. Unter „gemütlich" verstehe ich, dass ich abends am Tisch auf der Terrasse sitzen, rauchen, Wein trinken und lesen kann. Das reicht für mich.

Für die Katze reicht es nicht.

„Jetzt habe ich noch eine Brautspiere bestellt", verkündet sie mir eine Woche nach der Hochzeit ihrer ältesten Tochter. „Zum ewigen Andenken an die Tatsache, dass ich nun Schwiegermutter bin!"

Das ewige Andenken an ihr Schwiegermuttersein wird drei Tage später von mir eingepflanzt.

Vier Wochen vorher habe ich im Beet vor dem Schlafzimmerfenster eine Thuja, eine Gerbera und eine Muschelzypresse gepflanzt.

Mir langt es jetzt.

Der Katze noch lange nicht.

„Jetzt kommt der Herbst, Liebster", verkündet sie eines Tages höchst überflüssigerweise, „jetzt müssen das Beet und das Hochbeet für den Winter vorbereitet und mit Rindenmulch befüllt werden."

Natürlich ist der Rindenmulch drei Tage später in Form eines riesigen Pakets bei uns angeliefert worden.

Natürlich bin ich es, der die Wintervorbereitung ausführen wird.

Und natürlich sitzt die Katze auf ihrem Terrassenplatz am Tisch und überwacht mit Argusaugen meine Aktivitäten.

Als ich die letzten Unkräuter aus dem Hochbeet ziehe fange ich an zu stöhnen und teile ihr mit, dass mir mein Rücken schmerzt.

Stöhnen ist ein probates Mittel, um das schlechte Gewissen der Katze zu wecken.

Diesmal nicht.

„Kein Wunder, dass dir dein Kreuz weh tut", sagt sie ungerührt, „dein Bauch ist zu dick, das isses!"

Also zupfe ich die Unkräuter raus und bedecke das Beet und die Stämme des Sommerflieders, der Weigelie und der Brautspiere mit Rindenmulch. Ich bin ganz schön geladen. Ich bin nicht zum Gärtnern geboren.

„Wunderbar, Katerle, und jetzt geh bitte noch in den Keller und hol den Karton mit den Halloween-Sachen hoch damit ich das Hochbeet noch dekorieren kann!"

Diese Nacht hab ich sehr gut geschlafen.

„Katerle, du hast im Schlaf gesungen", hat mir die Katze am Morgen kichernd gesagt.

Ja, stimmt, ich singe manchmal im Schlaf. Jeder hat schließlich seine Eigenheiten.

Diesmal hat sie mir ungefragt mitgeteilt, *was* ich gesungen habe. Ein Lied von Reinhard Mey war es.

„Der Mörder ist immer der Gärtner …"

Teppichluder

Wenn man schon früh am Morgen aufstehen muss um zur Arbeit zu gehen, dann kann keine Menschenseele gute Laune von einem erwarten – und schon gar keine Begeisterung für jedwede körperlichen Anstrengungen.

Meine Liebste schon.

Ich meine, sie erwartet beides von mir.

„Katerle, du bist morgens immer so schweigsam", beklagt sie sich jetzt. So wie an fast jedem Morgen.

Natürlich bin ich schweigsam. Ich pflege nicht unter der Dusche zu singen und wenn mein Mund mit Frühstück gefüllt ist, dann halte ich ersteren um letzteres nicht daraus zu verlieren.

„Kannst du bitte noch den neuen Teppich auslegen bevor du gehst?".

Stimmt, das hatte ich ihr gestern Abend versprochen. Ich verschiebe unliebsame Tätigkeiten nämlich gerne auf den nächsten Tag und so muss ich jetzt den neuen, ziemlich scheußlichen Teppich, der gestern angeliefert wurde, im Wohnzimmer auslegen.

Sofa anheben. Arbeitstisch anheben – lauter anstrengende Tätigkeiten, die man tunlichst nicht frisch geduscht vollbringen sollte.

Geschafft!

Der Teppich ist aber ziemlich widerspenstig und hat sich dazu entschlossen, den Donauwellen-Walzer optisch darzustellen.

Das hebt nicht unbedingt meine Laune und auch die Katze blickt skeptisch auf die hügelige Landschaft unter ihren Füßen.

„Pass auf, dass du nicht stolperst, meine Liebe", ermahne ich sie noch fürsorglich bevor ich die Wohnung verlasse. „Bis heute abend wird er sich ausgelegen haben", füge ich hoffnungsvoll hinzu.

An diesem Abend erwarten mich allerdings eine frustrierte Katze und ein Teppich, der mittlerweile so aussieht wie der atlantische Ozean bei Windstärke 12.

„Das ist hoffnungslos, Katerle", meint die Katze, „den Teppich können wir vergessen – ein neuer muss her!"

„Das wäre dann mittlerweile der vierte Teppich, den du fürs Wohnzimmer kaufst"!

„Na und, sei doch nicht so kleinlich! Der erste liegt ja mittlerweile unter unserem Esstisch. Er hat also einen schönen Platz gefunden. Auf dem zweiten hat man jede Fussel gesehen und dieser hier ist ja wohl die Krönung mit seinen Wellen – das ist kein Teppich, das ist eine Berg- und Talbahn!"

Dass ich am nächsten Morgen diese Teppich-Katastrophe wieder zusammenrolle und in den Keller verbanne ist ja klar! Dass ich es besser *vor* dem Duschen gemacht hätte ist genau so klar ...

„Ich hab einen neuen Teppich bestellt, Katerle", begrüßt mich die Katze am Abend.

Ich weiß, wer ihn auslegen wird und ich hoffe zutiefst, dass es diesmal mit ihm klappt.

Und ich hoffe, dass dieses unselige Wort „Teppichluder" , das so hinterhältig aus dem Nichts aufgetaucht ist, jetzt möglichst schnell aus meinem Kopf verschwindet ...